KB203434

인기척

지은이 연흔

있는 힘껏 인기척을 내본다.

유의미한 일이길 바란다.

2023. 12.

목
차

Part 1. 사랑

Part 2. 사람

Part 3. 무제

Part

1

사랑

서둘러서라도 꼭 해주고 싶은 말이 있었거든

늦더라도 꼭 해주고 싶은 말이 있었거든

이제는 웃으며 과거형으로 말할 수 있거든

검정색 하트

아직 주고 싶은 마음이 많은데

네가 조금은 미워서

약간의 못된 생각을 담아

검정색 물감을 묻혀 하트를 보내

그 시절이 나 때문에 조금은 얼룩져 보이게끔

그러나 진심은

검정색이 씻겨 나간 하트

네가 그 누구보다도 잘 되길 바라

사랑이 별수 없는 지경에 이르렀을 때

더 이상 사랑이라 부를 수 없을 때

그때는 마음을 접고

상대의 앞날을 진심으로 응원해주는 것이 사랑의 마지막,

엔딩 크레딧이 아닐까

나는 보통 엔딩 크레딧까지 다 보고 나가는 편이다

사랑의 배터리

저는 늘 보조배터리를 들고 다닙니다

당신에게 오백 가지 예쁜 말을 하고도

다시 충전할 수 있게끔

무한동력

물리학에서 무한동력은 이론상 불가능하지만

사랑의 물리학에서는 좀 다릅니다

내 이성과 불수의근의 박자가 맞는 순간

내 심장은 무한동력이 되어

그대를 향해 뜁니다

불수의근 : 내 의지와 관계없이 스스로 움직이는 근육.

이성의 영향을 받지 않는 불수의근이

이성의 타이밍과 맞아떨어지는 순간,

그 아름다운 기회를 결코 가벼이 여기지 마시길

나는 지금

마치 정해진 총량이 있는 것처럼

임계치 이상을 쏟아내고 표출해야만

다음 단계로 넘어갈 수 있는 그런 마음이 있다

나는 그만하고 싶어도 아직 그 임계치를

채우지 못한 건지 계속 아파해야 하는 그런 마음이 있다

비우려고 노력하고 지워내고 잊어버리기보다는

다 채워지기까지 기다리는 것

입장 정리

더 늦기 전에

이런 사람이라 미안했다고 사과하고 싶습니다

더 늦기 전에

덕분에 배울 수 있어 고마웠다고 말하고 싶습니다

나는 왜 기어코 끝을 보고야 말았는지

자책을 많이 했지만 다시 돌아가고 싶지는 않습니다

즐거웠습니다 아쉬웠습니다

그뿐입니다

아 참, 여전히 보고싶습니다.

짝사랑

보다 가까운 사이가 되고픈 나의 마음이 담긴 노력

마음을 읽히고 싶다는 무언의 몸동작

속마음을 감추려고 노력하고 있음을 알아달라는 신호

그대의 다른 모습이 보일까 두려워하는 나

모순덩어리기에 더욱 깊이 빠져드는 헤어 나올 수 없는 순간

모순덩어리기에 더욱 깊이 빠져드는 헤어 나올 수 없는 순간

나는 나비

나비가 되고파

나비가 되고파

이 세상 모든 꽃에 앉았다가

그대에게 꽃향기 전해주는 나비가 되고파

자연의 스케치북

맑은 하늘 바라보면

마치 스케치북이 생각나

구름을 이리저리 옮겨 붙여

흰색 바탕의 스케치북을 만들고

사다리를 타고 올라가

그대가 볼 수 있게 그림을 그리고파

미안 1

흑과 백이 명확한 바둑판 위처럼

나는 검은색 바둑알만을, 너는 흰색 바둑알만을 놓을 뿐이었다

놔주면 그저 고마울 뿐이었다

너는 다면기를 두는 것처럼 한 번 두고 지나갈 뿐이었지만

나는 있는 힘껏 고민해야만 했다

내가 흰 돌을 들고 떨구면 승부는 끝이 나는 거였지만

바보처럼 검은 돌만 만지작거리는 나였다

돌을 던지다 : (바둑에서) 자신의 패배를 인정하고 두기를 끝내다.

때로는 돌을 던지는 것도 방법이거늘

왜 아무도 돌을 던지는 방법은 가르쳐주지 않았는지

내 마음속 보이지 않는 손은 왜 검은 돌만 계속 쥐여줬는지

둘 다 회색의 돌로 같이 바둑을 둘 수는 없었는지

미안 2

너로 인해 마음에 비가 내리는 날에는 오히려 네게 다가갔다

차가운 너의 태도에 비가 눈으로 바뀌게끔

비보다는 가볍게 내 마음을 두드리고

비보다는 보기에 아름다운

눈이 나는 왠지 좋았다

물론 눈이라고 아프지 않은 것은 아니야

꽃 속의 꽃

'인생은 뒤로 걷는 꽃길'이라는 말이 있다

그래서인가

지금도 과거의 그대가 자꾸 보이는 건

지나고 보면 아름답다

물론 그대는 지나기 전에도 충분히 아름다웠다

Real Recognize Real

아는 만큼 보인다

나는 네가 보인다

너는 나를 볼 수 있을까

합성함수

나는 네가 좋다

그래서 네가 어떠한 이유로든 무언가가 좋다면

나는 네가 그것을 좋아하기 때문에 그것이 좋다

너는 날 떠나가기로 했다

그게 너에게 있어서는 가장 합리적이고 좋은 선택이었나 보다

그래서 나도 그 선택을 좋아하기로 했다

네가 그게 좋다면 나도 그게 좋은 거지 뭐

느린 우체통

기억 속 꽃밭에서도

나는 그저 서 있는 모습이었다

나를 위해 흔들리는 꽃은 보이지 않았다

그저 제 할 일을 하고 있었을 뿐

꽃도 사실 그저 피어만 있었을 뿐일지도 모른다

사람 밭 구경을 하며

아직도 향기를 가지고 있는지 가끔 궁금해진다

향기가 남아있길 빈다

여전히 나보단 향기롭길 바란다

아니, 누구보다 향기로운 꽃이길 바란다

비대칭성

나는 그대의 인생에 영향을 줄 수 없는 먼지 하나에 불과하지만

그대는 나 없이도 아무렇지 않게 잘 살 수 있지만

나는 절대로 그럴 수 없다는 것이 아프다

너무나도 쉽게 이해할 수 있지만

그대를 탓할 건 못 된다는 것이 더욱 나를 아프게 한다

그대는 굳기 전 시멘트에 자국을 남기고 사라진 것처럼

지나간 후에도 선명히 자국이 남아 굳어져

나를 아프게 한다

그대를 탓할 건 못 된다는 것이 더욱 나를 아프게 한다

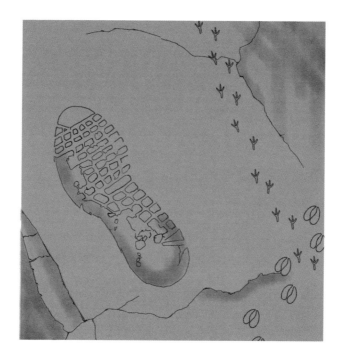

수취인 분명

장난이라는 포장지에 담아 보낸 내용물에
진심이라는 내용물이 돌아올 리 없지만

너도 장난이라는 포장지에 혹여나
진심을 조금이라도 섞어 보내지는 않았는지
여러 번 확인하는 내 모습이 조금은 초라해서

차마 진심이라는 내용물을 보내지는 못하고
포장지만 예쁘게 꾸미고 있는 내 모습이 조금은 초라해서

우주 여행

우주 여행을 할 수 있다면 달로 갈 거야

땅에다 다 적어버리고 돌아올 거야

바람도 비도 눈도 없는 달은 나만의 일기장이 될 거야

보고 싶은 얼굴 크게 그리고 올 거야

밤마다 고개를 들면 어디서든 볼 수 있도록

선택적 기억

자세히 기억이 나지는 않습니다

어렴풋이 행복했다는 느낌밖에는

굳이 기억해 내고 싶지는 않습니다

때로는 안개 낀 산이 그냥 산보다 더욱 아름답기 때문입니다

달리

시간이 기억의 조각들을 일부 덮어줄 뿐

그때의 그대 속에

그대의 그때 기억 속에

내가 있음을 바랄 뿐

달리 방법이 없다

비가

비가 내릴 때까지 기우제를 지내는 것은

우연을 기대하는 것일까 필연을 기다리는 것일까

밝고 가벼운 말 한마디에 힘없이 무너져 버린

짜임새 없이 뭉쳐진 나뭇가지 새집을

왜 이토록 열심히 짓고 있었는지 더 이상

파헤치지 않겠다

비가 내릴 때까지 기우제를 지내지 않겠다

여러모로 손익분기점을 거꾸로 넘어선 지 오래다

연흔

밀물이다
진정 나의 밑바닥을 쓰다듬었던 깊은 물결은
바람이 만들었을 리 없다
그 메두사 같은 물결은 오고 가지만
나는 그 밑에서 눈을 감고 기다릴 뿐이다

어, 왔는가
왜, 왔는가
아, 가는가
왜, 가는가

그 무한의 반복 속에서도 말랑말랑함을 유지할 자신은 없다
눈을 뜨는 순간 궁금해진다
그 메두사는 그동안 어떤 흔적을 남겼는가

썰물이다
아아, 바람이 온다
몸이 깎여 나간다
내 몸의 뭉텅이가 보인다
이 모습을 보려고 한 게 아닌데

자격

가벼운 것은 가라앉을 수 없다
가벼운 것은 좀처럼 쌓이지 않는다

배터리가 얼마 남지 않은 핸드폰으로
무책임하게 문자를 보내놓고
답장을 보지 않을 다짐을 한다는 것은
어찌나 가벼운 마음이었던가

다만 나의 가벼운 먼지는
너의 열쇠 없는 자물쇠 구멍을 메꿔버리고
겉을 맴돌며 인공호흡 하는 행위는
두 개의 동심원 중 바깥 원을 도는 행위와 같아
안쪽 원과는 영영 마주치지 못한다

아, 일방통행이다
서로 각자의 평행선을 달리는 일방통행
가벼운 것은 좀처럼 가만히 있을 수 없다

윤년

잡념을 떨쳐내기 위해 일부러 빙판 위로만 걷고 싶었다

미끄러지지 않기 위해 걸음에만 집중하다 보면

네 생각이 나지 않을 것이라 생각했다

어리석었다

이제 빙판을 보면 네 생각이 난다

억지로 빙판으로 걸어가는 내 모습이 보인다

이번엔 억지로 빙판을 피해 걸어가는 내 모습이 보인다

걸을 때마다 네 생각을 하는 내 모습이 보인다

그 걸음이 가벼웠을 리 없다

그 겨울 나는 엉덩방아에 시달렸다

유난히 봄이 늦게 왔다

Part

2

사람

작은 보라매를 타고 날았다.

에이징 커브(Aging Curve)를 그리며.

어느 순간부터 바람을 버틸 수 없었다.

나는 이제 함께 가는 이들이 믿는 나를 믿어보려 한다.

서늘한 바람에 머리가 날린다.

서늘한 바람에 머리가 날린다.

에이징 커브(Aging Curve)를 그리며.

모놀로그 1

서로 감추고 싶은 건 말을 안 하면서

서로 일정 부분 속고 속이면서 사는데

이상하게 또 잘 돌아가는 것 같고

때로는 모르고 혹은 모르는 척하기도 하고

그냥 그렇게 사는 건지

그렇게 살아야만 살 만한 건지

타들어 가는 담배 몇 mm가 아까워

서둘러 입에 가져다 대던 바보가

희망차다고 믿고 있었던 미래는 지금은 현재가 됐지만

여전히 같은 짓을 반복 중이고

내 잠재 가치를 줄이는 일에는 조금 익숙해진 탓이고

더 이상 미래는 희망차 보이지 않지만

속는 셈 치고 지금보다는 나아질 거라 믿고 싶은

모놀로그 2

내 몸에 상처 하나 없는 걸 보니 난 꽤나 강했다

주변 이들이 내게 함부로 하지 못하는 걸 보니

난 역시 꽤나 강했다

오랜 시간이 걸렸다

난 그저 가시투성이 고슴도치 한 마리였다는 걸 깨닫는 데까지

평화 따위의 단어는 믿지 않았던 시절

날 걱정하는 이들을 모두 세이렌 쳐다보듯 보며

억지로 귀를 닫던 나를 기억한다

어째서 시간은 지나고 나서야 나를 가르치려 드는가.

그땐 어렸었지

라고 말을 하긴 하는데

그렇다고 지금 성숙한 것 같진 않고

그때 잘못 살았던 것은 맞긴 한데

그렇다고 지금 잘살고 있다고는 못 하겠네

Deserve

고민 끝에 내린 결정이 아니다

상처 끝에 받아들인 상황이다

욕심과 현실의 온도 차, 그 극명한 차이가

점차 줄어드는 동안 나의 잠재 가치 또한

끝없이 추락하는 기분이었다

어째서 현실은 뜨거워지지 않고

욕심만 차디차게 식어가는지

싸늘한 현실을 버티게 해줬던 핫팩 같던 욕심은

일회용이었다

글쎄

확실한 목표 뭐 그런 비슷한 것이

나를 이끌던 적이 있었던 것 같은데

노력이 뭔지 잊어버린 삶은 쓰라리기만 하네

언제부터였을까

보통 사람과는 다를 줄 알았던 내가 보통 사람이었다는 걸

깨달은 후였던가

돌고 도는 세상에 맞춰 같은 속도로 돌던 시절은

적어도 세상을 보는 데는 어색함이 없었는데

숨이 차서 오래 못 할 짓이었고

술과 안주하고 앉아있는 지금은

적어도 다 피우고 텅 비워진 담뱃갑처럼

쓸모없진 않다

언제부터였을까

보통 사람과는 다를 줄 알았던 내가 보통 사람이었다는 걸

깨달은 후였던가

Lonely night

이성을 가진 자의 마지막 자존심을 지키는 것처럼

술을 마셨을 때조차 속이 먼저 안 좋아졌지

정신을 먼저 잃은 적은 없었다

그러나 자신감의 원천이 신념보다는 경험에 더 가까워지는

요즘

이미 필요 없는 생각들로 필요 없어진 내 정신은

경험에 의한 자신감을 유난히 강조한다

요즘 따라 유난히 설득력이 있다

그동안 너무 많이 놓쳐버린 인생은

이제 뭐가 남았는지를 확인하게 한다

나중에 뭐가 되고 싶다는 말보다는

예전으로 돌아간다면 무엇을 하고 싶은지가

오히려 재미난 술안주가 된다

많이 변하긴 했지만 좋게 변한 건지는 모르겠고

확실한 건 다시 전으로 돌아갈 수 없다는 거

To be, or not to be

예민하지만 나태한 나는

그냥 머리로만 생각하다 마음에 남겨두는 편이다

본인이 사회를 전부 상대하는 척

본인이 멋있는 사람인 척

하는 것처럼 느껴질 땐

전날 밤 스스로를 진짜 그렇다고 믿어 의심치 않았던

내가 나도 같잖긴 하다

본질에서 도망쳐 행성이 못 되고 떠돌며 다른 것을 방해하는

소행성보다도 보잘것없는 나는

오늘도 누군가는 해야 하는 일을 한다고 자기합리화를 하며

하루를 버티는지도 모른다

다행히도 시간은 계속 흐른다

경계

관점의 차이인지 옳고 그름의 문제인지

과연 정의라는 것을 정의할 수 있는지

알 수 없는 꿍꿍이들

먼저 말을 꺼낸 사람만 바보가 돼

편 가르기에 익숙해져 가끔은

비가 오면 어느 지역까지 비가 내리고

어디서부터는 비가 내리지 않는지

구름의 경계가 궁금한 적도 있었다

다른 건지, 틀린 건지

언제쯤이면 그게 명확히 밝혀질지 모르지만

그때쯤이면 이미 아무짝에도 쓸모없는 판가름이 되겠지

이런 생각을 하는 것이 나쁜일지 나쁜 이일지

습작

습작 같은 인생을 살아왔다

살아올 땐 몰랐다

그게 최선인 줄로만 알았다

지나가고 나서야 후회가 생겼다

그것은 습작이었음을 인정해야 했다

이와 같은 일이 반복되지 않기를 바라지만

어설픈 아마추어 작가에게

곧바로 완벽한 작품이 나오진 않더라

어설픈 아마추어 작가에게

곧바로 완벽한 작품이 나오진 않더라

거울

거울 속 내 모습이 밝아 보일 때
겉보기에 밝은 척하고 있다는 생각이 든다

내 모습을 확인하려 거울을 찾을 때
남의 시선만 신경 쓰는 것 같은 느낌이 든다

거울 속 내 모습을 보려다
거울에 갇혀버린 것 같은 느낌이 든다

새벽에 쓴 일기

분명 새벽엔 선명하고 확신이 들었던 생각이

자고 일어나면 흐릿하고 터무니없는 생각으로

느껴질 때가 있다

사라져 가는 생각의 끝자락을 잡으면

이미 한번 끓은 후의 커피포트처럼 조용하기만 하다

그럼에도 다시 잠이 들 때면 선명해지는 생각

그 생각이 일기장에 얼룩을 만드나 보다

악수라는 인사가 점점 익숙해질 무렵에

파헤치고 파헤치고 파헤치다 보니
추억이 현실이 되고 현실은 자리를 뺏겼다
욕심만큼, 정확히 욕심의 크기만큼 나는 아팠다

무엇이 그리도 불만족스러웠나
이제는 더 이상 채울 수도 비워낼 수도 없는
어쩌다 한순간을 놓치고
모든 순간을 후회하게 되었나

분명 처음부터 이런 사람은 아니었으리
검은 얼룩을 지우기보다 나머지 주변을
검게 칠하는 사람은 결코 아니었으리

하지만 분명 나는 아직도
과거의 일로 낯부끄러워지고
현재의 일로 낯부끄러워지고
미래의 일로 낯부끄러워지는
나에게 미안한 불쌍한 나로 남아있네

불면증

잠이 오지 않는다

상상력이 풍부해서 겁이 많다

창의력이 풍부해서 고민이 많다

문득 불수의근이 대단하게 느껴지는 밤

선택지를 줄여나가 본다

양은 아직 많이 남았다

백만 스물하나, 백만 스물둘…

비수

초침 같은 삶에서 시작하여
끝내는 시침 같은 삶으로 마무리되는
변덕스러운 내 시간을 표현하기 위해
얼마나 참을성을 길러야 했던가

1차원적인 3차원을 2차원 속에 담으려다 4차원이 되어버린
싸늘한 내 시침은 어째서 먼지 하나 스스로 털어낼 수 없는가
두터운 칼자루가 되어 초침을 방해하는 나는
누구의 시계태엽 한 바퀴 감아본 적 있던가

멀리서 봐도 비극

글쓰기만큼 무의미한 것이 없다는 것을 알리기 위해

글쓰기만큼 무의미한 것이 없다고 글을 쓰고 있는 것처럼

생각해 보면 바보 같은 짓들로부터 든 생각

다시 기억해 내기에는 멀리 와버렸다

내가 뭘 잊어버렸는지 잊어버렸다

보다 객관적인 합리화

종이 울리고

숫자가 영영 바뀐다

안타깝게도 나는 나무가 아니다

나는 더 자랄 곳이 없다

나무 같은 사람은 몇 없지만

내 눈에는 잘 띄는 편이다

나무 밑으로 도망가는

그런 수치스러운 행동을 하고 싶지는 않다

아, 기다리던 비가 온다

얼마 전까지는 눈이라서

계속 서 있을 수밖에 없었는데

비라면 얘기가 달라지지

음, 그렇고말고

Part

3

무제

단상 - 짧은 생각

무제 1

얼마나 많은 풍화와 침식을 겪었길래
이렇게나 매끈한 조약돌이 되었을까

그러다 문뜩 나에게도 질문을 던진다
얼마나 많이 모난 부분을 다듬어야
부드러운 마음을 지닐 수 있을까

무제 2

눈치가 빠르면 눈치 보이고

눈치가 없으면 멍청해 보인다

어느 쪽이든 좋지만은 않다

무제 3

제1 인간형 - 무지의 극단에 놓인 자

제2 인간형 - 깨달음의 경지에 오른 자

그 사이 번뇌의 구간에 태어난 불운한 범인

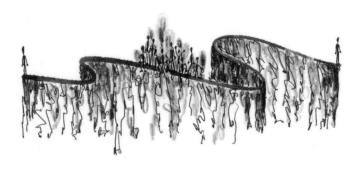

무제 4

익숙함은 지루해서, 지겨워서 싫고
낯섦은 생소해서, 불안해서 싫다
그 사이 어디 중간쯤 되는 곳에
비무장지대를 만들어 살고 싶다

육지도 바다도 아닌 그 사이 어딘가
생명력이 넘치고 아기 새도 발자국을
남기고 갈 수 있는 평화로운 곳
그런 갯벌 같은 사람이 되고 싶다

무제 5

감정 쓰레기통이 자주 차고 넘쳐 귀찮아서

그냥 쓰레기통 크기를 키웠다

걱정 인형에게 걱정을 주다가 걱정 인형이 버거울까

걱정스러워졌다

무제 6

최선을 다했다고

핏대 세워 변명하려는 순간

아직 변명할 힘이 남아 있음을 알 수 있었다

최선을 다했다는 말은 감히 함부로 쓸 수 없는 말이다

무제 7

누군가를 비난할 때는

그토록 다채롭고 독창적이고 화려했던 내 언어가

누군가에게 감사를 표할 때는, 사랑을 전할 때는

그토록 초라하고 보잘것없다는 것은

진심으로 반성할 만한 일이다

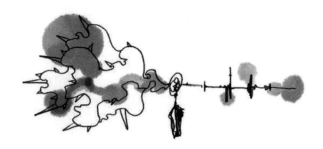

무제 8

내 삶이 만보기라면

걸어온 만큼 기록되어 인정받고

만 보라는 뚜렷한 목표가 있어

과정과 목표 모두 힘이 되는

내 삶이 그런 만보기라면

무제 9

나의 번뜩이는 고점이 그의 저점에조차 닿지 않을 때

나는 좌절하기보다 그 사람을 존경했다

내가 감히 그를 응원할 수는 없었다

할 수 있는 건 그를 믿는 것뿐이었다

무제 10

나의 바닥 밑 지하까지 드러내 보여준 적이 있다

어쩌면 그게 내 고점이었을지도

절대 알 수 없는 속을 나는 비워냈다

다시 천천히 무언가 쌓이고 있는 지금

내 모자람을 담배 연기로 채우고 있는지도 모른다

속을 술로 소독하고 있는지도 모른다

나의 바닥 밑 지하까지 드러내 보여준 적이 있다

어쩌면 그게 내 고점이었을지도

달라진 점은 이제 그걸 곱게 봐줄 사람이 없다는 것

무제 11

모종의 이유 때문에

보통 그 모종의 이유는

누군가를 탓할 수 없는

쓰라리게 아픈 이유들이었기 때문에

시작부터 아프기만 해서 나한테 미안한 마음뿐이라 더욱 미안

했다

무제 12

늙어 죽어서 가죽을 남길 나였건만

사냥꾼은 어디에나 존재하는 법

어설픈 사냥꾼에게 잡히긴 싫어라

용한 사냥꾼은 죽어서 그의 이름보다는 내 가죽을 남기리

무제 13

이성과 감성의 불협화음

논리와 직감의 위화감

머리와 마음의 부조화

같아질 때까지 느끼는

고통

무제 14

기억을 지우려다 번져버렸다

지난 일을 묻으려다 자국이 나버렸다

무제 15

사소한 일들을 사소하다고 생각하지 않았기에 시작됐는데

중요한 일들을 사소하다고 생각해서 끝났다

무제 16

번뜩이는 순간, 무언가 깨달은 것만 같은 순간

누군가는 이미 생각해 놓고 지나간 길

이제야 보이는 누군가의 고민의 흔적

그냥 나이를 먹어서는 얻을 수 없는

단지 먼저 태어났다고 얻어지는 것이 아닌

정신연령

고민의 깊이와 시간만큼 생기는 나이테

무제 17

무엇이든 다 말해버리고 싶은 날

- 사실 말하고 싶은 것은 이미 정해져 있지만

무엇이든 다 말해왔던 친구와

- 늘 그렇듯 숨김없이

다 말해버리고 털어버리고 싶은 그런 날엔

별수 없는 얘기를

- 셀 수 없이 많은 별 아래서

시간 가는 줄 모르며

- 시간이 유일한 해결책이라 말하면서

무엇이든 다 얘기해도 부끄럽지 않았다

무제 18

내가 생각하는 이해는

네가 생각하는 이해와 다르지만

나는 그런 점까지도

널 이해하기에

유지되는

우리의

관계

무제 19

잊고 싶지 않을 것 같았기에

못으로 고정시켜 두었는데

그땐 왜 그게 상처가 될 줄 몰랐을까

인기척

1판 1쇄 발행 2024년 1월 31일

저자 연흔

교정 신선미　**편집** 김다인　**마케팅·지원** 김혜지

펴낸곳 (주)하움출판사　**펴낸이** 문현광

이메일 haum1000@naver.com　**홈페이지** haum.kr
블로그 blog.naver.com/haum1000　**인스타그램** @haum1007

ISBN 979-11-6440-515-2(03810)

좋은 책을 만들겠습니다.
하움출판사는 독자 여러분의 의견에 항상 귀 기울이고 있습니다.
파본은 구입처에서 교환해 드립니다.

이 책은 저작권법에 따라 보호받는 저작물이므로 무단전재와 무단복제를 금지하며,
이 책 내용의 전부 또는 일부를 이용하려면 반드시 저작권자의 서면동의를 받아야 합니다.